U0164096

在世界的裂縫

學院詩人群年度詩集

2004~2005

The Academic Poets' Circle, Taiwan

陳鵬翔 　　　　汪啟疆

尹　玲 　　　　古添洪

林建隆 　　　　方　群

唐　捐 　　　　江文瑜

須文蔚 　　　　洪淑苓

在世界的裂縫・序

洪淑苓

「學院詩人群年度詩集」行之有年，如今已邁入第七集，持之以恆，真是可喜可賀。這代表這一群詩人對詩歌創作的堅持，也代表我們的社會還是可以容納追求理想與夢想的詩人。

依照往例，每位詩人繳交十首左右的作品，以呈現最近一、二年的創作成果。不設定主題與形式，完全由每一位詩人自主，提供自己滿意的作品；一方面為自己留下創作的紀錄，另方面也和其他人交換、觀摩。這和古代詩人結社聯吟頗相似，差別在於平日裡，大家都是在各自的崗位上教學、研究，在各自的書桌、電腦前努力書寫，很少有閒暇時間可以聚首。也因為如此，兩年一度的詩集合刊，就顯得特別有意義了。希望這一股熱情可以持續下去，展現學院詩人的理想性格。

放眼望去，這兩年台灣的詩壇其實挺熱鬧的。有多位詩人的作品被討論，進入學術研究的範疇；在詩歌推廣方面，各縣市文化局經常舉辦「詩歌文化節」，大學院校也跟著響應，例如東吳大學、世新大學、元智大學、東南技術學院等，都有學院詩人群的身影，以朗誦的方式表達自

己對詩歌的喜愛。有詩可寫、可讀、可頌、可聽的人生是幸福的！

　　本集由我擔任主編，我將書名取為「在世界的裂縫」，係截取我的一首作品篇名。人們常說人生是不完美，社會是黑暗的，而世界——在生與死、光明與黑暗、溫暖與陰濕的交會處，莫不是層層的裂縫；身為一個詩人，他將以何種面貌存世呢？我以為，詩人沒有奇特的煉金術，唯有文字才能填補世界的裂縫。是故借用為書名，並以此和學院詩人群的作者與讀者共勉。也期待出書之後，我們再以「詩歌朗誦發表會」的具體行動，繼續理想與夢想的旅程。

在世界的裂縫／洪淑苓

陳慧樺

簡 介

　　本名陳鵬翔，廣東普寧人，1942年生。早年曾用過林寒潤和林荍等筆名。中小學俱在馬來半島北部的覺民中小學完成。大學研究所專攻英美文學，1979年在台大獲得比較文學博士。曾任台灣師大英語系講師、副教授、教授，任教英美小說詩歌及西方理論等課程，並兼國語文中心文化研究組主任、校長室英文秘書、外籍生輔導室主任以及英語文中心主任等職。曾為中國古典文學、比較文學、美國研究以及英語文教師學會理事、秘書長與副會長等，現為國際比較文學組織委員會委員。1997年8月轉任世新大學英語系教授兼系主任，2003年卸下系主任職位。在校時曾與友人創辦星座詩社、噴泉詩社和大地詩社，並合編《現代文學》。1983年赴美國夏威夷大學訪問一年，1995年初赴耶魯大學和加拿大奧伯塔大學當訪問學者。在比較文學及文學理論上頗有建樹，提出比較文學中國學派的主張，以開拓學術主體性。長期勤奮寫作，著有詩集《多角城》、《雲想與山茶》和《我想像一頭駱駝》；散文評論集《板歌》、文學評論集《文學創作與神界》和學術論著《主題學理論與實踐》（2001）。編著有《主題學研究論文集》、《文學‧史學‧哲學》、《從影響研究到中國文學》和 "Sinology and Cross-cultural Studies"，"*Canadian Review of Comparative Literature*（Special Issue）24.4（1997）"，"Comparative Studies of Chinese and Western Feminism/Femininity"，"*Tamkang Review*

29.1（1998）"，"*Feminism/Femininity in Chinese Literature*"，
"*Tamkang Review* 30.2 (1999)，"*Feminism/Femininity in Chinese Literature* (Amsterdam：Rodopi，2002) (最後三項係與 Whitney Dilley 合編)，"Globalization and Anglo-American Literature"，
"*Tamkang Review* 33.3-4(2003)(此一專號與蘇其康教授合編)和
《二度和諧——施友忠教授紀念文集》（2002年）等書。中英文學術論文約一百篇散見於國內外權威學報及雜誌。小傳被收入《中國現代名人錄》、《世界華人文化名人傳略》、《中國當代著作家大辭典》、《台港澳暨海外華文新詩大辭典》，ＡＢＩ出版的 "*Contemporary Who's Who*（2003）" 等。

近 況

　　現任德明技術學院特聘教授，2005學年擔任東南技術學院應用英語系主任，曾於2006年4月26日策畫並參加「中英詩歌發表會」；6月16日參加元智大學、桃園文化局合辦之「重返桃花源詩歌節」朗誦會。

烏節路上

突然從哪兒鑽出來的音響
游走在黃皮膚，黑皮膚，白皮膚等等之間
你想像蹭蹬成優優雅雅的曼波
儀態萬千的繁華展露
嬌滴滴的馨欬，遲疑，注視
迤迤然蹭過人行道
九月的一個昏黃

你走去嗅一嗅天津栗子的焦黃
（擦身的髮際散發出魅魎）
一口想咬下烤架上的滋滋／三疊
（普羅米修斯之火種明明滅滅）
而背際膩著雨樹枝椏間灑下來的幾闋鳥鳴
聖露西亞的沃爾柯特早已躡足蹭過
西班牙港務街
晦澀地凝視我

你再蹭過街衢另一邊
遮陽傘下琉璃桌上
咖啡啤酒杯都溢出了吶喊
情慾濃郁的薄荷在跳竄

街腳獨自閃爍的霓虹燈光
調不調情都已調成異邦
少女肚腩，腰背自成風景
味蕾，體香構成了次文本在跳躍
在旋轉玻璃門間穿穿梭梭

都快七點鐘了的市廛
還是足跡蹭蹬，車流不息
西紅柿似凍僵在西山頭

—— 2005.09.10《聯合報》副刊

赤崁樓：永曆十六年

秋末暖綿綿的陽光下
三三兩兩的鎂光燈
他們以鏡頭追捕國姓爺在時光隧道上
巍巍然站立在普羅民遮城樓上
一個番仔低頭遞上一個卷軸

長鏡頭再追溯過往
聚焦在永曆十五年春暖花開
鹿耳門外追隨朝陽湧來
三百餘艘旗艦遮雲蔽日

海灘承載不了過多的劍影與箭垛
城外花朵混合鮮紅紛紛掉落
日夜顛倒到翌年春天

鄭爺爺把熱蘭遮城喚作赤崁
深深嵌成軟片核心的雲曇
他一躺竟躺成安平城內的一具骷體
永遠都喚不回飛逝的卅九年春秋

—— 2006.02.05《中國時報》副刊

木棉花

梗直的軀幹
聳立在歌聲連漪裡艷陽下
偶爾亦綻放成報葉的花朵
情人的愛之所歸依

「紅紅的花開開滿了木棉道。」
經已織入吾人的記憶體
年年暮春就從高雄燃燒起
一直伸展成為我羅斯福路的燈籠

我躑躅了一段詩歌
反身竟瞥見你之倩影
跳著、舞著就舞成一道道燄火
愛河畔詩人情之所繫

—— 2006.03.02《聯合報》副刊

和平東路：94年初寒

陳慧樺

颼颼寒流迎面颼來
颼颼颼到了他與瑟瑟的長木橙
他與斜躺的長木橙颼颼然已溶成一體
衣褲襤褸、鬚髮蓬蓬
眼睛凝睜著死滯的枯黃
情愛早已飛回某人的口袋
或是遠方蜿蜒的峰巒之中

腳印早已躑躅不成歌詩
他索性就躺成路邊的奇蹟
好瀟灑的蒙特婁街旁銅鑼灣畔流浪的黑斗篷
此刻都颼颼滾成台北路旁的昏黃
寒　寒　切　過 body（區區）

——《海鷗詩刊》34 期（2006 年 6 月）

那一排熒熒

遠遠望見那一排燭光熒熒
引誘著地平線開展而去
嵌入吾人原初的記憶體
在醉夢溪畔草叢間夢搖晃
星月垂成脊背的小夜曲

依然夢見那一排熒熒
逗弄著你我的夢陲伸展
酩酊走進無名的小山城
旗旌招搖照明燈噴成了水柱
歌吟逗出了林間的酒神與水仙
不，不，那是希臘星空下繞柱歌舞的部落
以軀體召喚夏至的精靈

依然是那一排熒熒
逗引著你我撲了過來
翱遊一座海港的繁忙
你的畫舫、我的舴艋舟
宛然悠閒在某個朝代裡的渡口
抑或夜泊秦淮

那一排熒熒
源自人類靈魂深處
彷彿深山裡的一座寺廟古鐘
迴音咬住了根莖／脊椎

———— 2006.05.16 台北

木瓜樹（下）的自白

幼時亞答屋後聳立的
那麼三幾棵頂端頂著青澀小波霸
天天瞥見可宛若空無
渴望採摘的可是紅暈染煩的荔枝

從火奴魯魯的木屋鑽出
我跟阿爸瞥見了你懸掛其上的纍纍
從未勾起我採摘的慾火
仰望的可是懸掛在你身旁的橢圓芒果

今早的報章貼上你之倩影
鉤起想像那些埋葬在軍營後牆的恐怖
你巍峨其上並結出纍纍橙黃
誘惑無知的長竹竿升自牆外來鉤採

你裸裎紅潤的軀體
矗立成為地平線上無辜的誘惑
歷史與記憶一樣成長
身姿不忘搖晃梗直

———— 2006.06.26 台北

〔在世界的裂縫〕
學院詩人群年度詩集
2004~2005

汪啟疆

簡 介

湖北漢口人，海軍備役中將，海軍官校、三軍大學戰爭學院畢業，曾任海軍指參學院院長，從事學院軍官指揮參謀整體教育及人才培訓之教職多年，作者藉由工作際遇與環境的互動，創造出航行歲月的寫實作品及波瀾洶湧的戰鬥詩學，不僅在文學上拓出獨特開創的藝術境界，其個人軍職與文學的均衡發展，更驗證了軍人的豐沛繁富。著有《海洋姓氏》、《藍色水手》、《人魚海岸》、《台灣海峽與稻穀之舞》等詩集，《到在大海去啊，孩子》童詩集。

近 況

海洋、大地、島嶼是整個地球形殼結構。地球藉著它們呼吸，生命藉由這一切存活且彼此縈結共生。

台灣海峽與稻穀之舞，乃是以我這一粒芒種，書寫自己誠實的對海洋、大地、島嶼所縈纏之信念生活；一本摯愛的詩集，原鄉意識的詩集。

詩和我，都是屬於海洋的；天空，也是屬於海洋的；但若沒有地球，宇宙對我們又有什麼意義？若沒有接觸的種種，以及離開是更為了回來的屬於；記憶對我又有什麼價值呢？今日之啟疆，乃過去所有啟疆時日之包括，成為歸屬與開展。所以沒有情感怎麼會有詩、沒有折磨怎麼知道憐恤、沒有愛怎麼明

白捨己、沒有感恩怎麼瞭解養育……。這本詩集基礎於一個極愛陸地、人間的海軍，對他身體裡走出去的一部分和未來部分，若蜘蛛的網，若蠶吐的絲，緊粘住周邊一切，坦率著自己這粒胚種的內容和所沾上的鹽分。

（摘自汪啟疆著，《台灣海峽與稻穀之舞》〈拔〉）

航海鐘

時間或快、慢、或停；航海鐘計測
我心臟的平均躍動。上緊錶簧的胸脯
浪意起伏，任生命前進：讓舵和船體
方向一致。

水手從港口離去、離去、沉往地球另一端
崖上燈塔是最末回顧，心總剪貼島嶼
剝地平線岸影。海總將船前推
手握著持續對時的馬錶，高雄還立在舷邊
海推門入船長室，仍用高雄的時差
絞緊下一航次歸期。幾卷航圖
滿缸煙蒂，船長的心情紊亂
全家照片都守在航海鐘和航線上。
明白空間散置著睏憊的書籍，掉落
床頭的記事本，是受了夢之困擾
未關的抽屜，日記內堆滿了年齡、離別
與拼圖。

醒在午夜二點五十七分的水手
猛搓做夢的腦殼。窄擠的駕駛台祇看到
對時完畢的航海鐘每分秒都向前行走，計算著

海洋起伏，睡眠湧動，船前進得無知無覺。

三點鐘 AM，椅子在地球彼端挪移
高雄的白天，誰在給我寫信？

航海鐘，滴答。滴答。滴答。
冷肅不帶情緒。

住在沉船裡的人

汪啟疆

1.

黎明、白日、黃昏。動靜都停於原處。

夜將落日按入海水下
用它的燙、溫暖一艘沉船的我們位置。
夜懂得我們
我們屬於夜。

海將船撕裂。
我們仍徹夜修補再航行的心。

2.

一切碰觸,屬靈魂的慌然。

(發燙的夢回來測探溫度
以記憶堵塞下沉的裂口)
不帶走什麼——
大浪拍打岸陸門戶外的堤防,玩跳鞍馬。
人總會以想像沉船的最後景象

夾纏浪潮來去的期待。

生命以新姿態再度返臨。
任何時候。深夜。季節。
用另一個身體。

3.

潛水者
泅進隱藏心跳的夜間照相館
拍攝已失的人像。我們等在那裡。

忘卻姓名
不代表我們沒有姓名
住宿一艘船的身體
我們同樣有心

4.

夜懂得這艘船。
夜不能真正佔據我們。
我們屬於海。
海不能佔據我們。

旗津

- 落日啊，當你沉到海面最末的縫隙時
  許多所謂悲傷的惋惜，——自海平線
  走向空曠海灘，把過早的燈光捻得更亮了。

- 我始終起起伏伏的凝視那些錐形浮筒和海灘的距離
  海所設定的界域標誌；那就是我們身體能到達
  的範疇嗎？那就是我的心和身體所該保持與陸地
  安全極限的臍帶長度嗎？

- 海在睡眠時候，潮汐仍然發聲。
  圓圓落日下沉後，它竟炙燙我的背部成為地球
  擇自另一個方向的日出。

- 旗津其實是臥入海洋催眠中的一條蠶
  蠕動於高雄港和大海間，吐出白色的
  燈塔的光；就像蠶子在燈光影映時的形軀
  絲、在它裡面一閃一閃，根本還不容於飛翔。

- 海鷗在浪上張翅待飛的猶疑中，聽到蹼下
  群聚在浮筒的牡蠣和藤壺的沉重爬攀。
  藍色的吸吮是將羽毛塗以乳色任其起落，並
  告知愈大的生命有愈多的沉重，作為附生。

• 波浪將自己愈多的交予黎明初綻的光線時
  海洋就該明白它會在另一端承受更多的
  光線墜落時的沉甸。

• 關於蛋和巢的問題，是海鷗的生態體系呢還
  是日出和日落的相關現象呢？

• 旗津海灘幾乎沒有季節感，它敞開給海。
  太陽間歇而過，寒暑完全為海所表達與籠罩。
  祇有砂礫在風中另有一些意見，翻兩下也就停了。

• 旗津外的海洋對旗后燈塔說：你
  可以把我做任何想像，包括悲喜嚎啕。
  但不要驚擾我的夢，因為你到不了那個深度
  你也擴不到這份龐大。

• 我的感覺是醒著的。旗津也是醒著，共同經歷
  夜深了、黎明了、夜又合攏來了。這些過程
  旗津總以就寢和起床的方式，任憑我回憶
  海上風暴時它的種種身姿；有如焚風過後的一株
  木麻黃，緊抓住旗津屬海的地名座標。落盡了
  全身針葉的意義，夜就合攏來了。

• 我縫住了我的土地嗎？

綠島海域

在年輕的、髮的漩渦下
投入適量，融化的白色砂糖
乳一般，沉進純然的黑中
將關乎黎明的一種清醒注入
傾聽，水的耳朵對聲音的回應

一杯晨間咖啡
把航行的夢叫起來

靜靜臥在綠島，外海窗櫺
藍床衿內的裸體，在某個深度及公海
學習觀察台灣和第一島鏈間魚群與候鳥動態
天空和水下溫差的異同，而那杯咖啡表面
戰略性模糊的霧漸漸自水下愈見清晰的潛浮
逐次抽離
一粒泛白的衛星在日暈內，高高的
凝視這海空區域，所有起床後所打的呵欠

S2T 與軍艦始終澈醒
許多人始終澈醒
雲母飛彈實射與民進黨黨主席辯論，今天

剛剛打開頁次，髮的漩渦下
　一句話，正浮上來

柔美背後的伺窺，靜靜喝下
而海的波瀾，匍匐不息

──這是一首戰略和情意的詩
中科院某次海空武器測試
海域發現不明水下目標，一雙
窺探的眼睛，一句隱匿的話語。

月亮照著阿富汗土地和人民

爸爸。我關了ＣＮＮ電視。
戰爭要睡入地球一側的噩夢裡了。

父親則示意我，出去
站在月亮下
看看自己的位置。我左營的舊居院子
一株根很深的番石榴，札深的，
                              是台灣啊。

每和月亮一站就直到夜深的父親
吃得極少。那時候
月亮是餓得不作移動的負片，蹲下來陪同
吃得極少的父親保存一份記憶的新鮮照片，說
餓，可以記住連影子都飢餓的年代；
              一同思想太平洋末期戰爭。

一九四三的左營老巷
──月光印成斑駁褪色照片的爸爸
二○○一，陷在沙漠飢餓內
阿富汗難民和嬰孩，十二歲就是戰士

嬰孩，父親是不會瞭解，也不認識
被戰爭所咬嚼，連骨骸都
吞沒入ＣＮＮ新聞照片的檔案。全屬於我了
（多壯觀而美，航母群承載了超重的月光
阿拉伯海拍掌。黑夜最末的咳嗽，是從
纏頭巾底下的鬍髭，沒有月亮的地方
傳染出來……。）

月亮將是唯一獨瞳的見證者，在
一個國家，陌生的、瘠地上。是與非難以
抉擇的火線，誰燃的？
回家，在門鑰下鎖聲響的剎那，飢餓隨
月亮跟著進來。問我睡入哪一間噩夢，且

陪我觀看照片都老了的父親
左營有太多時間棲息的瘦的光紋
父親的姿勢不變
我，被月亮繞室的步履，吵得
一直翻側。

不是所有的土地都毗連了全地球原鄉的飢餓嗎？

但歷史是這樣安靜，番石榴這麼安靜
父親整夜，似乎一直都沒說什麼

尹 玲

尹玲，本名何尹玲，又名何金蘭，廣東大埔人，出生於越南美拖市。國立台灣大學中國文學國家博士，法國巴黎第七大學文學博士。十六歲起，於越南西貢堤岸華文報紙副刊投稿創作、翻譯。用過筆名二十餘個。上班、上課、旅行、流浪，自我放逐。行事最最低調，至今仍然無家。

已出版的有：詩集《當夜綻放如花》、《一隻白鴿飛過》、《旋轉木馬》；專著《文學社會學》；翻譯《文明謀殺了她》、《薩伊在地鐵上》、《法蘭西遺囑》，《不情願的證人》等法國小說以及法國詩，越南短篇小說和越南詩，英譯中的與《人生的航向》。

教書：中文、法文、越南文、翻譯、文學社會學。愛在複雜多種文化的天地或困境中遨遊或掙扎。

近 況

一直說要整理已發表過的詩篇，最少出版一冊詩集吧，說了 N 年。一直說要出版已翻譯並刊登過的法國、越南或其他國家的不知多少首詩，啊，還有 A. DAUDET 那兩本《小傢伙》和《磨坊手札》，最少一冊單行本吧，也說了 NN 年。一直說，應該將法譯東坡詞那六十闋出版中法對照本吧，更是說了 NNN 年。多少人建議或以詩、或以散文、或以小說、或以戲

劇，或以電影面貌系列呈現流傳那「戰火紋身」、漂泊無家的傳奇數十年吧。說呀說的，不知不覺竟說了前後兩個世紀。毫無動靜。

海嘯。地震。颱風。淹城。土石流。仍然緘默。

二○○五年十二月二十九日至今三月初（二○○六年了呢！）只因她上飛機度假前一秒電話裡切切的語氣，居然一口答應 Liliane 翻譯法國在台協會為今年「詩人的春天」邀來的詩人 D. SAMPIERO 之詩，費了兩個多月的時光，無法數清的不眠之夜、精神、健康。總算圓滿完成。

但自己的詩呢？何日能有自己將其中不算太差的某幾篇，也譯成法文、越文、英文或其他語文？

唉！再說吧！還是先愛好詩、讀好詩、寫好詩；其他，隨緣去！

邊界

你就在這一道有時清楚有時模糊
所謂邊界的細細線上
半步跨過去
這邊的海關先檢查這邊的簽證／蓋章
那頭的海關後檢查那頭的簽證／蓋章
小步退回來
那頭的海關先檢查那頭的簽證／蓋章
這邊的海關後檢查這邊的簽證／蓋章

於是　　上午你在伏爾泰的地盤
　　　　下午則在盧梭的領域
　　　　晚上又須選擇線的此端或彼端
　　　　就是不得棲息細線之上

那麼明朝呢？
明朝的邊界
到底會在誰與誰的地盤和領域中間
會令你如此不堪糾纏
跨出去不對
退回來不合
永遠只能在二者三者四者

甚至無數者的邊界各方
流離飄盪

——2005.08 法瑞邊界一日

如何能夠理解

尹玲……

你對他說　　七月
七月到巴黎來吧
嚐嚐三星廚師的法國菜
他們笑起來　　全都笑起來：
難道中國菜比不上法國菜？

你要他們如何理解
任何的菜與菜之間
相比絕不是容易的事
某國某地某城某廳某園
整體的永恆呈現或只是戲劇的短暫演出
總會影響視覺嗅覺味覺觸覺聽覺
以及最重要的心靈感覺
（美酒佳餚若能全部超越……）

而且
你要他們如何能夠理解
才只那麼一瞬
幼獅文藝二樓那盞明燈
曾照亮你真稚的燈
現已照白你每一絲烏髮

今夕的你畏懼望不見的明日
數十年前的台北秋月
會圓至何季的何處夜空

——2005.04.02 於台北

完全無你

尹玲……

你終於理解
十六與六十
不只是兩個字的前後顛倒
不是少年與老年的差異
不是青絲與白髮的顏色對立
不是羞澀與無謂的境界高低

不是淡入和淡出的技巧操弄
不是勉強說愁和真正知味的程度疏濃
不是紅顏如玉和烏頰若玖的表象光澤
不是稚嫩潤滑和鬱蒼乾皺的文理緊鬆
不是愛恨分明或密藏一切的心境表情
不是執迷不醒或豁然頓悟的領略問題
不是才剛進入或早已跨出的門檻裡外
不是跟生之門或死之關的近遠距離

才只擁吻六十的那一瞬
你已瞥見十六正在遠處曖昧竊笑
原來你哀樂怒喜的多少糾葛
只不過是他倆互扯控制的玩意兒
在那線絲索之上千翻萬滾的你

其實
早已進入完全無你

〔在世界的裂縫〕
學院詩人群年度詩集
2004~2005

ROUEN

尹玲……

你會記得清
我來看過你的正確次數嗎?

接近那條高高在上的山中小彎路時
精絕描繪你風情的《包法利夫人》文字
立即與你同時展現眼底
書中的你　　腳下的你
白紙黑字的你　　現實真正的你
如此美妙毫無芥蒂地融成一體

只不過啊!我每次看到的你
真的只是最單純的正身的你
或是已與我閱讀過的　　聽聞過的
　　　　想像成的　　胡猜來的
　　　　觀看到的　　接觸到的
　　　　宗教歷史政治文學及其他
　　　　所謂的相關資料
　　　　所有的一切與一切
　　　　無法切割的
　　總混雜體?

醫療

我多渴想
覓著如你一般的情郎
對　　　身高一八〇公分　　體重六十八公斤
長相溫文　　　牙齒皮膚白皙乾淨
無不良嗜好　　醫術醫德特好

尤其雙眼
能以比絲舒軟比電神速
看透我眸中
百分之一秒內變幻萬般之風情

以及雙手
每次溫柔碰觸我仍講究的胸脯
啊　　　如綿的手啊
就撫奏出音樂也似的鏗鏘起伏
聽聞我心房不合常規的跳動
你那通靈雙耳
立即讀懂每一聲噗通所能孕育的全部涵意

直挺的鼻真是敏銳嗅覺
輕輕一聞

即能分析我瞬息萬變的情緒氣味
最不可少的是雙唇　　你線條誘人的雙唇
以千百種層次和角度的蜜
敷著我覆著我裹著我浸著我浴著我
在最寒冷最熾熱最難熬的每一時刻

聽著　　此生或來世　　我都願臣服於你
無論你是否正以 A 方式：愛護我
　　　　　或 B 方式：凌遲我
　　　　　或 C 方式：一面愛護一面凌遲
　　　　　或另外一種 DEFG
讓是我的我逐漸憔悴凋零枯謝
在你眼手耳鼻唇的不斷醫療之下

空間

不論冬季夏季
你總到 ETRETAT 象鼻山前
是想尋找你的前世
或只是暫坐石灘上
凝視彷彿潮來
　　其實潮去
　的完全虛無？

在巴黎那家華麗餐廳
你看著前一任的美國總統
真正地出現在你眼前
與每一人握手招呼
笑容未離俊帥臉龐
他擁有真正的完全實有？

時空錯亂的是你
一切幻化的是你
在墜入某個不知名的淵藪之前
你望向似乎還存在的文字和語言
企圖能抓到某一個字
或只是　　某一個音

所謂詩
是你目前
還可以存活其內的
空間？

死就若斯

就是在最緊急的那一秒
我決定將命交給你
生命性命運命宿命
於全是你特殊味道的那張床上
承受你賦予的難忘烙印之際
我對你唱　我的心裡只有你沒有他
在你哈哈哈哈的歡愉笑聲之下

你的柔情的確偶爾撫順我心底的痛
相聚雖然短暫
卻是我全身各種需要的重要宣洩出口
唯有如何對付輾轉反側
這個近四十載我完全無力擺脫的
難解糾葛
你竟然不假思索絕情批下：
「死就若斯！
每夜與他共尋好夢去吧！」

死就若斯！　啊啊！
你呀！
你是否真心希望

至少我還能自我解放
抑或只欲我就此長眠
予我生命性命
無法抗拒之
運命宿命？

尹玲……

判決

你我所用之方言如此不同
是否必須借助翻譯方能溝通

縱使同一方言
社會階級教育程度
宗教信仰文化背景之種種差異
是否也會產生隔閡　　甚或
只是來自你永遠不願承認的
意識型態

因此啊
你我之間彷如愛侶的話語
便隨時都會從這一種語言
轉換到另外一種
而所謂相互透徹理解與詮釋
只不過是各將對方外在且陌生的言語
幻變成自己內在並熟悉的主觀判決

在永恆的翻譯國度裡

尹玲……

一、

在別人以 E-mail 以金錢縱橫天下的時空
你依然堅持以不太健康的身體
飛行萬里繼續你不停的飄離
去看不知是真有或實無的界域
在既是異鄉又非他鄉的某處
淒迷孤單地度過所謂除夕

雨雪紛飛下你凝視一切和空無
華文旗幟飄滿花都
鐵塔曼妙的身軀在寒夜裡
亮起她生命中首次的紅燈華服

你依然到諾曼第 TREMAUVILLE 小小村莊
隱身在伊麗莎白典型的諾曼第小屋
品嘗你無力擺脫的宿命飄泊
反覆唱遍你終生負荷的無家名曲

二、

二〇〇四年元月譯妥的西默農一書
是你自幼即開始的翻譯生涯第幾部？
你答不出來
正如你永遠回答不了
你到底是哪一國哪一鄉人
你的專長在哪一個領域
你歸屬哪一所哪一系
你是創作者嗎？還是學者？
是研究者呢？評論者？
是旅行者吧？漂流者？
是一無所有的絕對虛無者？
抑或只是
　　　只是無邊無際時空內
　　　　　無始無終的翻譯者？

三、

的確　　翻譯是你從小注定的
　　　　一生運命
　　　　自此國翻成彼國
　　　　自故鄉譯成那鄉
或是　　從殖民變為外邦
　　　　從實有化為虛幻

或是　一出生即已永恆

尹玲

巳黎　雨雪紛飛

巴黎　　雨雪紛飛

心痛痛　心中想你
心不痛　腦裡有你

巴黎　　雨雪紛飛

—— 2004.02 於 Paris

唯你

尹玲……

透心透骨的寒冬時空
你是唯一存在的人
活於我思維的細密繁複當中

雨雪裡絕美的香榭麗舍
LV 巨型皮箱的廣告框板下
飛向萬里外的你的是
我終生不斷飄離的靈魂
以及
唯有你才懂的心頭苦痛

—— 2004.02 於巴黎

和平咖啡廳(Café de la Paix)

我坐在和平咖啡廳內啜飲和平咖啡
輕嘗著名可口的和平 mille-feuille
鼻端嗅著廳外巴黎歌劇院前
幾隻白鴿啄剩碎片撒了一地
無人再要的種種停火協議

—— 2004.07 PARIS

古添洪

簡 介

　　古添洪，1945年生，廣東鶴山人。美國加州大學（聖地牙哥校區）比較文學博士（1981）。1981-2004年任教於台灣師範大學英語系所，現為慈濟大學英美語文學系教授。1973年出版第一本詩集《剪裁》（台北：巨人）。1996年，策畫《學院詩人群年度詩集》的出版（至今已出版6冊），並擔任首屆召集人。2000年加入「海鷗」詩社，並擔任千禧年《海鷗》詩刊改組改版後主編工作。

　　自傳見《世界華人文化名人傳略》文學卷（香港：中華文化，1992）。

　　個人網頁：http://sun54ku.myweb.hinet.net 歡迎指教。

近 況

　　這幾年來，可說是我詩創作的再開拓。這再開拓出發是在這「現代主義」的基礎上，加入了「後現代」的一些生活情境與理念，並從事詩的各種前衛試驗，以開拓詩的疆域，如性別思考、散文詩、鏡頭敘述、演出的詩篇等。希望我詩中一向秉持的社會關懷及文化層面不致於因此消減啊！

　　在學術上，最近還研究佛洛伊德（Freud）和拉岡（Lacan）等心理分析理論，從其中理出其記號學模式，並在此基礎下從

事夢詩、夢畫、及夢的研究，看能否另建構出與佛洛伊德等相對的積極的人類主體。成果嘛，尚在未定之天。

在綠色的天空(2000-2004)

（長詩）

（一）烽炮與幾滴血現場

三月是最慘酷的月份
不穩定的風向搖撼著枝椏
我預看到脈絡分明的葉子
將在窒息的島嶼氣流裡萎去
我是魍魎
我夾在熱情的爆竹聲
與幾滴血之間
不知所措

你是誰？鎮暴警察問。
我是善良的魍魎。
鎮暴警察仔細盤查我身份證上的圖像。
人身、鬼頭。
人身，隱藏小尾巴。
鬼頭，飄出白茉莉的翅膀。

我，魍魎。在山海經沈睡了億年。夢中刀光劍影，煙硝滿
天。惺忪裡我走進選舉的森林，一下子就給絆倒。

人丙　我看到槍枝懸在及肩的高度，沒有手
人卯　我看到沖天炮在車座裡爆花，但我那時有點眼花

大家都看到突然痛苦的臉孔
我，魍魎，也看到
我，魍魎，曾在奈何橋上設攤占卜千年
看盡橋上死人活人往來臉譜無數
還有半死半活的半個臉
我不相信臉譜
我相信眸子
但我得像駝背的卜者
賣個關子說
可惜那時我也是跟連宋一樣措手不及

（二）詩人的手稿

陽光灑滿了島嶼
我迴溯時光的階梯
渾身籠罩在縷縷蠶絲中前行
無意識裡我袋裡塞進幾頁手稿
在糊窗以前
我想不妨
由於政治正確性影響求職

姑隱其名

〈之一〉
我看到
許多釋放的螃蟹
鉗住自由

在綠色的天空
我看到許多顫動的心臟
硬化成石塊
歷史嚜
血緣嘛
失落在虛構的地平線

我打開古籍
說危邦不居
亂邦不入
如果有一天我要離開
我知道我會哭
為我隨流水飄逝的青春與理想

—— 2002.10.12

〈之二〉
優美，飛機旋飛在穹蒼的弧線

優美，畫家氣韻生動的線條
優美，少女嫣笑的上下唇線
優美，樹幹伸出枝椏的姿勢線
優美，監獄鐵窗月光下的柵線

然而
意識型態就不一樣了

背逆著自己體內原鄉血液的流動
靈魂還會優美嗎？

午夜
我獨自苦茗
本土畫布上
搖搖擺擺的人物醜態

—— 2003.2.24

〈之三〉
母親啊！
給我妳的語言
為什麼大人刺刀的冷光
閃爍在我學童的稚臉？

好一個陂詞淫詞邪詞遁詞的森林

在政客辯才無礙之後
在意識型態酩酊大醉裡
蠍子與游魚看來都一樣
都可下酒

讓美語成為
準官方語吧
有人如此說

河洛人
體內黃土高原的原罪
怎麼能妄想掙脫
半殖民的韁繩？
還是這美麗的島嶼
被殖民太久的潛意識夢囈？
還是長久以來的英語情結
突然以野獸的樣式出現？

母親啊！
給我祖母純淨的語言

——2003.2.24

（魍魎註：此詩首節為日據時代的聲音。）

〈之四〉

我夢見

陰陰森森權慾的邪道

混水裡

許多蟹螃蝦鬚寄生蟲相濡以沫

一尾充氣的娃娃魚

扁圓著嘴

瀑瀑瀑瀑吹出圓圓的氣泡

上氣不接下氣的二字短促咒

雙鰓鼓鼓

氣泡從水族箱裡

在水草與水綠間

冉冉上昇

於我靜觀的眼神

其實，是白天

———— 2003.1.4

〈之五〉

在放逐與夢囈的燈光暈裡

百無聊賴

我鑽進記號文化學的縫隙

要編一部百科全書式的字典

我寫下一條目
曰綠

我餐桌左角小瓷盤的翠綠
北海角松樹林松針的墨綠
中部濁水溪倒映的湖綠
塑膠花上表情木然的人造綠
漸漸失去原色原味的草根綠
瀰漫如霧感的生態綠
給政治記號閹割了的口號綠
東拉西扯權慾黑心獲利的假裝綠

天之蒼蒼
其正色耶
我尋找真正的
綠色

—— 2003.11.4

〈之六（殘章）〉
三月杜鵑飛花
我想像山櫻映紅花蓮的山地
我酒醉亂步差似山僧迎月
耳根突然纏繞著山豬黑熊長尾雞的竊竊私語
說漢人又佈椿哨了

我看到畢樣 Biyang-Karaw 的紅轎車給攔下
美麗的臉孔生氣成
雲氣瀰漫中突然拒絕開放的一朵紅梅
有人持槍
Seejiq nlaxan ka yami seejiq tmpusu
Taywang hog? ah, priyuxun pila ka kipu?
Mutux!!
dxgal pusu rudan mu ka hini!

原住民是二等國民？
對了，買票？
神經病！
這是我祖先的地！

微雨中
落葉落花黏住泥土不放
（魖魖註：闕日期）

魖魖評曰：
此人卡在深情與意識型態之間
鞦韆擺盪於秋涼的歲月
鏡子的理想形象瑟縮在眾生浮沈的光影
語言慾望仍在

（三）眾音並起的鑼

我，魍魎
左臂鼓起的小老鼠往來動盪不安
金猴毛蓮花怒放
吹一口猴氣
頓時無數魍魎幻影上下求索
於是眾音彷彿白雪紛飛
降下支離的卦爻
也像瓣瓣亂紅
略有殘缺

人酉　　我真衰，我提起羅馬音標教本戰戰兢兢
　　　　校正阿囝含著我雙奶時學的閩南發音

人己　　真艱苦，沒投路
　　　　燒炭開瓦斯在自己厝內
　　　　我合阿囝喉嚨氣管雙肺真像醃腸同款燻黑睏去

人午　　吾是沙洲頂頭的四個冤鬼
　　　　八掌溪的水很洶湧兮

等無人，溪水無良

吾合沙洲攏沖走

人庚　河洛話真美

　　　我聽到壓抑千年的民主餘音此刻發音

　　　（3.19向總統嗆聲之一）

人丁　無數的心無數的心感動成河

　　　我聽到切割族群的低音製造敵人的幻影

　　　（2.28手護台灣之二）

人卯：初九潛龍勿用

　　　怕死我壓抑著權力的慾望

　　　白髮纏繞著墓碑的額頭

　　　嘲諷原初生命唯一沒染色的黑與白

人亥：「agree to disagree」是明目張膽的外語

　　　「搬走最後一塊石頭」是含蓄的中譯

　　　（全民英檢講義之一）

人甲：DIY，3P，BOT這些西文簡體

本土裡到處遊蕩藏什麼玄機？河豚肚膨脹刺豎豎。
（全民英檢講義之二）

人申　湛藍的水悠悠悠悠悠遠
　　　老鷹衝下烏魚跳躍啊上海的親親我想念妳
　　　（現代民謠之三）

遊戲：連連看修辭學

　　　　喻況　　　　軍火商
　　　　相關語　　　宣傳車
　　　　相聲　　　　泡沫紅茶
　　　　錯置　　　　小女孩裝鬼臉說好醜
　　　　張力　　　　按鈴申告
　　　　頂真　　　　蝦子在乾涸中的水裡掙扎
　　　　排比　　　　學者打手（心）
　　　　濃縮　　　　公投綁票
　　　　（玩家可自動增加條目，製造個人化的軟體）

（四）魍魎與詩人玉山論劍

魍魎與詩人相對
兩線纏絲音力度穿透蒼茫的苔壁

問：何謂民主？

答：品質。

問：獨立何妨？

答：非罄則妄。其中有詐。

問：何以故？

答：葉子背後有蟲的咬痕，其味津津。

問：戰否？

答：范蠡攜辣妹西施一葉扁舟曼谷去也。

問：前景？

答：等待水。願楊枝甘露。

問：何以故？

答：我明天要到市場買一把蔥。

頓時，老僧手拿出一把蔥。頓時，蔥籠遍野。無偈語。

（五）尾聲

店鋪格格排列著街道，向東南
我蹓躂在摩托車與磚格間
紅綠燈高懸木臉如昨日
監視著胯下左壓線右壓線的車輛。
車廂格格排列著捷運，向東南
國語閩語客語英語纏著我清靜的耳根
窗外正框格框格閃著台北都市的臉孔
臉孔複製著複製的臉孔玻璃體
乾咳一聲，我揮別魍魎

揮別詩的想像與不安的主體
揮別了表象下黏著不肯走的陰影

—— 2004.4.1 初稿

林建隆

簡　介

　　一九五六年生，是基隆月眉山一個礦工的兒子。從小立志成為詩人，卻在二十三歲那年因殺人未遂，被以「流氓」名義移送警備總部管訓，半年後轉送台北監獄服刑。坐監期間在獄中宏德補校就讀，並尋求報考大學的機會。三年後假釋，被遣返警備總部繼續管訓，後在管訓隊考取東吳大學英文系。畢業後赴美，在美國名詩人 Diane Wokoski 等的指導下獲密西根州立大學英美文學博士。

　　一九九二年返回母校東吳大學任教至今，曾獲 T. Otto Nall 文學創作獎、陳秀喜詩獎，二○○二年起以作家身分入選《中華民國名人錄》。

　　作品包括暢銷長篇小說：《流氓教授》、《刺歸少年》、《孤兒阿鐵》；詩集：《林建隆詩集》、《菅芒花的春天歌詩集》、《林建隆俳句集》、《生活俳句》、《鐵窗的眼睛》、《動物新世紀》、《玫瑰日記》、《叛逆之舞：林建隆詩傳》、《藍水印》。其中《流氓教授》一書，簡體字版由北京中國青年出版社發行；《鐵窗的眼睛》（*The Barred Window's Eye and Other Haiku*）及《玫瑰日記》（*A Diary with Roses*）亦已出版英譯本。

近況

　　與詩人陳鵬翔、古添洪共同參與東南學院中英詩歌發表會。詩作獲選編入《東吳大學國文選》、《台語詩1世紀》（林央敏編著，前衛出版）以及《優游意象世界：精選當代名家詩作》（蕭蕭主編，聯合文學出版）。

選自《藍水印》

溺海者的信

大副趁船長不注意
將他的信換成自己的
舵手趁大副不注意
將他的信換成自己的
廚工趁舵手不注意
將他的信拋入海中
然後抱起廚房裡唯一未破的甕
決心與幾粒紅豆共存亡

覆巢

什麼樣的海鳥
會在水面歇睏？
倒蓋的鏢船緩緩犁過
厚如毛氈的水草
覆巢前撕裂的尖叫

覆舟（一）

浪平之後，妳又是

一面蔚藍的鏡子

昨夜妳令暴風

打翻了上弦月

天明妳終於看清我的臉

還記得我初航時的誓言？

「除非我像下弦月那般自戀

否則終生不與妳照面」

覆舟（二）

我趴在妳身上

像初學漂浮的小孩

好奇地俯視妳，藍水

在秋日的折射下

妳竟和鏡子一樣

拒絕顯示自己

更惱人的是

我甚至看不見自己

和死神的陰影

覆舟（三）

旗幟在祈求
陽光、空氣、沙灘
於陰濕的海中
暗流將它摺成一方手絹
只能拭去晨星
無法擦乾殘月的淚痕

覆舟（四）

浮木一旦脫離我
便自成一條船
此時只有波浪和月光
能決定她的方向
我已徹底累了
願趴伏在海上
誠心地祝福她

覆舟（五）

妳是我天上的羅盤
當我趴伏著看妳時
原本在北邊的妳
變成南極最閃亮的星

出海時妳送我至天際
我答應妳這趟歸航
便永遠不再流浪
但如今妳的方位既已轉向
我的承諾也就不必再談

覆舟（六）

看見白色閃光
便知還有三十海里
看見紅色閃光
確定離燈塔更近了
我看不到海岬
只能想像它
像一隻垂釣岸邊的黑貓
長長的尾巴

覆舟（七）

旗魚形的釣魚台
像一座古墓
我無福在島上葬身
只能隨波漂流成新墳
下弦月般倒蓋的艙底
一行行海草在向光處

為我寫下碑銘

海豚

一群十數隻
以抬棺的姿勢
穿越浪峰與白霧
將溺斃的漁人
扛回傾覆的船隻
牠們似乎認定
魚族的兇手
合該葬在漂流的墳墓

方 群

簡 介

　　方群，本名林于弘，一九六六年生，台北市人。台北市立師範學院語文教育學系畢業，輔仁大學中文研究所碩士，國立台灣師範大學國文研究所博士。曾任國小、國中、高職及大專教師十餘年，現為國立台北教育大學語文與創作學系副教授兼主任。學術專長為語文教學及現代文學，目前主要擔任：國語教材教法、語文教學專題討論、語文教材編纂與評鑑專題研究、讀書指導、古典文學的翻譯與改寫、閱讀與寫作、台灣原住民文學、現代詩及習作、語文的創造力與教學、台灣現代詩專題等課程之教學與研究。

　　一九八四年起正式在刊物發表作品，並與同好創辦「珊瑚礁詩刊」。創作以新詩為主，並兼涉歌詞、散文、評論及傳統詩，曾多次擔任文藝營講座及文學獎評審。作品曾獲：耕莘文學獎、中華文學獎、優秀青年詩人獎、全國學生文學獎、國軍文藝金像獎、教育部文藝創作獎、藍星詩社屈原詩獎、創世紀四十週年詩創作獎、吳濁流文學獎、台灣省文學獎、聯合報文學獎、中央日報文學獎、時報文學獎等重要獎項，並入選各種文學選集。著有：詩集《進化原理》、《文明併發症》，論文《初唐前期詩歌研究》、《解嚴後台灣新詩現象析論》、《台灣新詩分類學》、《九年一貫國語教科書的檢證與省思》，另編有《應酬文書》、《大專國文選》、《現代新詩讀本》等書。

近況

　　從台北師範學院到台北教育大學，也從語文教育學系到語文與創作學系，短短兩年內，更動了兩次的名片內容，其實我還在這裡。

　　其實我還在這裡，只是意外接下了行政職務，而面對朝八晚五的工作型態，的確是難以適應。那種感覺有點像是小時候玩大風吹，當每個人都迅速找到自己的位子，但卻留下一個詭異的機會，偷偷對著你笑。

　　偷偷對著你笑，你可能不知道這是福還是禍？但這一切既然已經發生，我們還是該讓遊戲繼續下去，直到下一個階段到來，不管你喜不喜歡。

　　不管你喜不喜歡，因為這和結局無關。也許這樣的規則不夠公平，但是這個世界上又有什麼是公平的呢？眨眼之後，成敗得失不過是一些酸甜苦辣的記憶。

　　成敗得失不過是一些酸甜苦辣的記憶，但我還是習慣詩人的閒雲野鶴，或是率性自得。坐在八樓的窗口瞭望，向前看或向後看，四周其實都是差不多的風景。

　　四周其實都是差不多的風景，就看你想怎麼面對這個世界……

世紀瘟疫──*SARS*

飄浮，在你我四周
看不到的存在，彷如鬼魅
悄悄寄居浸潤的肺葉，吞吐後
灼熱焦躁的不安空氣，流竄
窘迫的冠狀病毒，繼續蔓延

繼續蔓延，窘迫的冠狀病毒
流竄，灼熱焦躁的不安空氣
吞吐後，悄悄寄居浸潤的肺葉
彷如鬼魅，看不到的存在
在你我四周，飄浮

公投範例練習

◎以下為此次公投內容　　　　　☐同意　■不同意
　請使用２Ｂ鉛筆逐項劃記　　　■同意　☐不同意

台灣人民堅持　　　　　　　　　☐同意　■不同意

台海問題應該和平解決　　　　　■同意　☐不同意

如果中共不撤除瞄準　　　　　　☐同意　■不同意

台灣的飛彈不放棄對台灣使用　　■同意　☐不同意

武力你是否贊成　　　　　　　　☐同意　■不同意

政府增加　　　　　　　　　　　■同意　☐不同意

購置反飛彈裝備以強化　　　　　☐同意　■不同意

台灣　　　　　　　　　　　　　■同意　☐不同意

自我防衛能力　　　　　　　　　☐同意　■不同意

※以上文字　　　　　　　　　　■同意　☐不同意

　純屬虛構　　　　　　　　　　☐同意　■不同意

　如有雷同　　　　　　　　　　■同意　☐不同意

　應為巧合　　　　　　　　　　☐同意　■不同意

另煩請填入：姓名　　　　　　　☐同意　■不同意

　　　　　　戶籍地址　　　　　☐同意　■不同意

聯絡電話　　　　　□同意　■不同意
身分證字號　　　　□同意　■不同意

方

群

現代顯像誌

·之一　熟女·

歷經歲月火候的反覆煎熬
鬆軟的羞赧皮肉早已入口即化
適量脂肪容易點燃短暫的慾火
唇吻交纏可以體諒自尊的面膜
在尷尬促銷的保鮮期限邊緣
過度成熟的滋味
彷彿，有結晶沉澱。

·之二　猛男·

從飄泊起伏的茫茫人海中，躍出
一尾色澤光亮的生鮮猛男
肉質緊實，沒有靦腆的
青澀口感（且大小適中）
汆燙後去皮即可生食
毋須佐料提味
午夜夢迴時，自然回甘……

·之三　辣妹·

無端流竄街頭的青春野火
在飢渴的喉結恣意攀爬
搖晃陌生男子挺立的不鏽鋼管
從久違的日出到熟悉的星月
妳輕輕貼滿 OK 繃的自閉假面
用化膿的舌尖，夜夜
舔舐都市陣痛的腐爛潰瘍

·之四　甜姐·

翻開塵封的斑駁劇照
一層層沾裹記憶的甘美糖粉
那種白皙的肌膚與香氣，曾經
流行某種固定仰角的笑容
在失憶的童年迷路後
回聲仍如雨滴，敲打
罹患末期壁癌的酸性水泥

回家
——94年大學指考國文作文閱卷有感

彷彿都是雷同的情節，不停地
複寫過於年輕的草率經歷
「我的家庭真可愛……」
裡面住著些相干與不相干的人

或者是回到盛唐的記憶吧！
「少小離家老大回……」
（雖然我不曾離家五百哩）
「舉頭望明月，低頭思故鄉。」
（管他外頭是黑夜還是白天）
謹記引經據典的諄諄訓示
充分賣弄學問殘存的美德

也許還可以討論 house 與 home 的不同
利用物質與精神的差異切入文章核心
然後將黃絲帶繫在老橡樹上
等待閱卷老師路過的眼睛

如果引了一句「近鄉情更怯」
理所當然得配合外宿返家的橋段

至於背一段陶淵明的〈歸去來兮〉
也能表現我不屈從流俗的骨氣

至於化身成返鄉的溯溪鮭魚，或是
重回出生地產卵的綠ㄒㄧ龜也頗具創意
（抱歉，ㄒㄧ寫了注音。）
而匆匆走過十八個年頭的青澀歲月
有關我「回家」的實際距離
只在眼睛與課本的思考空間
只在住家和學校的徘徊領域

隱名詩

——戲題中生代詩人十三家

風聲蕭蕭，你
向著陽光奔跑
陳舊的黎明仍反覆逆襲
搜尋殘存的蒼白靈魂

席捲而來的羨慕眼光如芙蓉開落
帶不走的行李引起某種敏感的勇氣
我鄭重睜開炯炯然的明眸
杜絕十年來三心二意的想法

陳年的奧義如靈芝隱匿
蘇鐵微笑著介紹相連的風景
羅列青衫的年少過往
渡江之後，也只剩
吳晟帶回家的那把鋤頭

在往台北的236遇見自己的詩

方群

在往台北的236遇見自己的詩
飄浮在公車司機歪斜肩後的廣告看板
搖搖晃晃的吊環不停遮掩游移的視線
尷尬的陰影閃躲記憶縫隙的曲折陽光

濃稠的鄉音拼湊輾轉隱晦的殘缺意象
不服輸的老花鏡片輕輕躍過埋伏的險韻
彷如那些不經意流失的青春過往
平仄交錯的人生本不該如此坦然

氤氳的空調平添幾許無預警的離愁
我反覆瀏覽窗外迅速倒退的斑駁歲月
在無心邂逅的尷尬五律之後
緩緩揭開隨風揚起的喧囂夜幕

二行詩（虫篇）

·蚊·

宿命的悲哀
在掌中

·螢·

點點，照亮
垂涎夜色的七彩目光

·蟬·

急，急急，急急急————
這是你對夏日的唯一註腳

·蝶·

孵化春天的密碼，連線
登錄甦醒

·蚤·

思索之後的癢處
有些無言滲透的刺痛

·蚓·

沉思。泥土的芬芳
這是哪一種認同的品味？

·蛭·

貧血的思想
流淌著難以下嚥的慘白脂肪

·蜂·

容易震動的勞碌感情，掠過
夢的邊境

·蠍·

多情的回眸容易牽絆
那些過於閃亮的短暫激情

方群……

·蠱·

不曾現身的病癥

繼續在我無限擴張的慾望領域，蔓延……

言語三則

·一·

風把雲的誓言
悄悄寫在水上
嘩嘩流去的時光
想起妳無預警的哀傷

·二·

歷經飄泊之後
凝結承諾的記憶
妳笑著說，不該
如此動人。

·三·

總該在這個時候想起
無法定義的語言模式
介於送氣與不送氣之間
穿梭於聲帶與口腔之外

生活四品

·之一　便利貼·

如影隨形　在
靈感悄悄停駐的眉角　粘黏
彩色的青春戳記

·之二　立可白·

假裝平凡地走過　彷如
一切都未曾發生尷尬的留戀
痕跡

·之三　釘書機·

凝視　情人
習慣翻閱的擁抱角度
閉鎖矜持的唇吻

·之四　微波爐·

看不見的能量

鼓動隱藏愛意的裸裎
沸騰　如火熾烈

方

群

家電五首

·除濕機·

抽離飄移氾濫的氫氧壞分子
在惡性浮腫的臉頰邊緣
悲傷，不曾消褪……

·電冰箱·

低溫保存的怨恨不易腐敗
彷如日夜徘徊的潮汐張望
伺機解凍憤怒的結晶

·微波爐·

不斷穿透肌膚的隱形射線
震動卑弱的汽化靈魂
煎熬乾癟脫水的模糊意志

·吸塵器·

循環真空的昔日誓言，擾亂

無法成形的規律呼吸
擴散一陣陣血肉咆哮的煙塵

·日光燈·

仰望聖潔的救贖
我的生命不再被黑夜，掩蓋
瞳孔的顯像神蹟

燃燒的野球

迷路的童年是一記失控的偏高變化球
　被代打的慾望狠狠推向左外野的天空
提前起跑的釘鞋蹂躪著壘包無辜的臉
　緊繃的肌肉揚起瀰漫紅土的窒人喘息

會不會在想像不到的刁鑽角度落地？
　還是繼續飛越背後圍牆高聳的肩膀？
追風的手套急急向後退去，退去——
　循著弧線延向未來僅存的可能接觸點

如巨浪層層湧來的驚呼聲依然迴盪著
　設想曲折的人生暫時停留在九局下半
落淚的逆轉或是成功的救援，都可能
　繁衍成明天早報過度垂涎的聳動標題
而一顆偶然脫離歲月軌道的加速飛球
　即將向我假裝安逸的夢境，發動逆襲……

飛行中的祝禱

沿著寧靜的西岸，我們飛行
漸層的天空鋪滿舒適的棉花糖
俯視海浪凌亂進退的舞步
恰・恰・恰恰恰……

吉貝的沙灘蜿蜒柔軟潔白的舌頭
舔舐妳難以蠡測的心事溫度
愛情會在這裡迫降嗎？
迷路的氣流搖著頭不置可否

還是把想像的襟翼悄悄收起，假裝
迷戀起落架的完美 TOUCH DOWN
風來的時候，淚水也一併在頸項間
僵化。在戰火沉寂的邊緣島嶼
記憶是反覆空白的滴答留聲機

一份關於失戀者的夜航紀錄

整座島嶼的思維仍然偏袒，如地層
習慣向西傾斜
我在夕陽撫摸不到的角落
閃躲妳散射的光害汙染

彷徨的夢境中
一隻緩緩蠕動的巨大陽遂足，伸出
包圍陸地的蜿蜒長臂
無聲齧食嗜睡的寄生爬蟲

所有的諾言已連夜逃離丘比特的廣場
只剩下一群早熟的血小板
癡心穿梭戀人消失的 MSN
填補記憶陷落的無盡憂傷

蜿蜒到海的纏綿的思念

陡然爬升之後
凝止的時間刻度開始向西延伸
不期而遇的霧靄仍錯落在山谷的情感隙縫
我輕輕搖擺機翼的完美曲線
在妳深邃的髮茨間，持續挺進……

流浪於南方之南的原生音符
總沉迷在熱帶才會衍生的詞性變化
繁複的嬌嗔氣流，依然盤旋
無言穿梭日夜遙望的體外溫差

在眼睛看不到水平線之外
我隨著記憶的頻道調整心緒的迴聲
起落陣陣失焦的浪花吶喊
迫降繽紛思念的忐忑想像

水漬書——致D

思念氾濫的季節，總是
潮濕多雨且充滿黏膩的暗示…………

在生命轉彎的地方，頻頻回首
遲來的步履，往返
搜尋遺失頻率的習慣心跳

彳亍陽光糝落的珊瑚礁岩，風
把名字帶到荒蕪的彼岸
一雙雙掛在屋簷下的乾枯眼眶，依然
晃蕩。反覆結晶的濫情誓言……

遲歸的末班渡輪已駛離夜的髮線
這會是堅持的清醒？還是因循的漫遊？
我悄悄預支即將淪陷的冰冷夢境
讓孤獨不斷咀嚼，悲傷
發酵後的陌生滋味

腐敗的童話

·關於美人魚·

在碧綠的大海妳徜徉著
一切不該發生的當然都還沒有發生
妳的乳房很堅挺
妳的子宮很空虛
妳的眼神很寂寞
妳埋下的暗礁會繼續等待那個不該被淹死的王子
破碎的風帆和折裂的桅桿，只會
輕輕碰歪他過度英挺的鼻樑
讓他適度的暈眩昏迷
讓他容易飄向妳長滿水草的強壯臂膀⋯⋯

不管多久妳一定會等待，哪怕
癡肥王子早就不再航海早就死於一場可笑的意外
但故事既然已這樣安排
這些無關邏輯的細節內容就不能更改
妳仍會在第七章失去清脆悅耳的聲音
　　　　在結局長出一雙雪白的翅膀
（不管王子來或不來——）
至於觀眾有意施捨的純情眼淚

或許會讓妳再不經意想起
那片總是負心的
愛情海

·王子的說法與想法·

那些記憶以外的東西
我當然無法用理性的態度來證實
關於身上的腥味，以及
附著鱗片的荒謬傳言
當然是很冷很冷的空穴來風
身為王子
我高貴的血統無庸置疑（也不該被懷疑）
不論是邂逅、出軌或是婚外情
甚至冬眠的精子能否橫渡海峽的說法
一概與我無關

但囈語中的我始終記得
那個徘徊夢境的長髮瘖啞女子
帶著昏黃沙灘的起伏背影
緩緩爬行，向我靠近
撫摸我多情的髭鬚
吻醒我擱淺的陽具，倚靠著
體液氾濫的低矮丘陵
交融我微甜的血

妳苦鹹的淚
而夜色已然噤聲——
（這必然是我們共有的善良默契）

方群

唐捐

簡介

本名劉正忠，嘉義人，屬猴，Ｏ型，射手座。台灣大學中國文學博士，曾任教於東吳大學，現為清華大學中文系助理教授。創作兼及詩及散文兩類，曾獲梁實秋文學獎、時報文學獎、聯合報文學獎、台北文學獎、年度詩人獎、五四獎等。著有詩集《意氣草》、《暗中》、《無血的大戮》，散文集《大規模的沉默》。

近況

最近一年，國防部四次派人來調查我的帽子、衣服、鞋子型號，吃葷還是吃素。據說即將請我回去當四天半軍人，無故不到的話，妨礙兵役喔，會抓起來關的喲。其實，前年我就回去過一次了，也是四天半，內容如何？套一句我女兒的名言：「超級難玩！」而且學校不肯幫我付代課費，說這是公假，不是公差假，真奇怪。

致學弟 1：老人暴力團

A

我始終記得那些或明或晦的傷殘
插滿管線的老者
白晝變作狼
我因此懷疑，那並非輸血或導尿
（像你這款症頭就愛吃宏星大雄丸）
群嬰之胎盤，營養他們黃濁的腦漿

我歌頌捏碎的蕃茄和一顆多汁的心
我歌頌長袍馬褂、行屍走肉、脾笑肺不笑的老人暴力團
大庭廣眾將心靈雞湯灌入少女十八的腦部的老人暴力團
會議桌上裸露六根粉刷五倫幹掉四個青年的老人暴力團
請你這樣跟著說請你這樣跟著做的信望愛的老人暴力團
用羊水洗腎用鹽酸洗腦用符仔水洗那兩粒的老人暴力團
大慈大悲救苦救難含飴弄孫摸蛋頭放冷箭的老人暴力團
我歌頌神經壞死的牙齦
以及那顆久久被含而失去甜味的。飴

B

行過車流的狗十七秒後變成義大利麵加蕃茄汁三分鐘後是
魚子醬旋化為肉鬆六分鐘後沉入深邃的柏油底部再浮起便
是窩囊廢的我（像你這款症頭就愛吃宏星大雄丸）
這是拔地五尺的高速路，喔，良性腫瘤的世紀初。我的眼
球腐爛如秋蟲的陰囊──馨香一瓣。球進了，不算。書法
展。痰。詩詞吟唱。徵求下聯。教學優良可堪表揚。美爽
爽。資之深則居之安──我的眼球
腐爛如秋蟲的陰囊
彼等之陰囊竟乃閃閃如十八克拉之美鑽

早安，Good Morning，おはようございます
──私は見た
親切で善良なおじさん──可敬可愛的老人暴力團
左手提著尿袋
右手提著衝鋒槍
懷裡塞滿兒童銀行的紙鈔，撞倒我，閃入幽黯的小巷

C

請捏碎吾鳥之蛋蛋並親聆吾鳥之念念：謝了，前輩。
請打開吾腦之尿罐並惠賜雨露之甜甜：謝了，前輩。
請壓扁吾腎之蛞蝓並親摸體液之黏黏：謝了，前輩。
請捏碎吾心之宇宙並重建理學之榮光：謝了，前輩。

請剝開吾屁之兩瓣並輕噬核心之幽香：謝了，前輩。
請蒸煮吾肝之切片以為美味之下水湯：謝了，前輩。
請染指吾肺之慘淡並充實夢境之黯黯：謝了，前輩。
——然後聽我
櫻桃之顫抖：「請前輩教我七傷拳！」
（像你這款症頭就愛吃宏星大雄丸）

乃知白髮為凶器
聖人不得已
而有之

D

噢，學弟，恭喜你退伍。脫離馬面上尉的魔掌——
為社會添一敗類，啊，社會
那是一座更為龐大的軍營
我們將要無休止地擦拭那些老舊的兵器

（學長　我還暫時回不去　跟你一同戰鬥　化為社會的廢
物
身上盡是刮傷的胃壁　油條的靈魂　以至失魂的詩意）

噢，學弟，不要再跟我談詩意。我們楊派的詩人
全世界最頑強的感傷族類，活蹦亂跳的三楊機車
——也終於要，見識到老樹老闆老婆老師老人的威力

就像是——オートバイ撞到 Benz，Civic 撞到トラック

（七十二張應付上司的狗臉　休息空檔發動潛在不滿的魂
魄
我將憑此磨難　報答祖國的恩賜　發狂如土石流）

噢，學弟，你作牛作馬兩年大頭兵，想必好想周作人
——憑良心講，作人真是爽，但他哥告訴我：
「孩子，你必須先成為老人
才能成為人。」

（戰情你好無事有事不干我的事如要找一兵文書兵某某某
請洽勤務隊謝謝）

附註：最後一節，括號內文字皆摘自石虎〈致學長〉。

致學弟11：致命底一擊奏鳴曲

A

白色的十字架，黑色的烏鴉——
施工中的校園有如半獸人的祕密基地
在毆麵黨專政十年之後的夏天
專攻離騷的女教授號召愛徒攻佔系辦
並且紛紛陣亡於第七個階梯之前

（我將不惜毀壞一首詩以換取血戰的記憶在鐵觀音赧然微
溫的午後晴川歷歷對岸是即將報廢的影城依例搬演攻城與
防守的戲碼虛假的狼煙終於加入天上最大的一朵烏雲魚龍
哭泣而謙和仁厚的老者還往水裡垂下他們多情的釣鉤…
…。）

紅色的十字架，白色的烏鴉——
黃昏六點鐘，暴徒全數就殲。老舊的系館
依然安詳地喝著夕陽的母乳
大慈大悲的機械怪獸啊，請高高舉起手臂
給它，給它，喔，致命底一擊

B

球賽已經延長十三局。皇天后土都停止呼吸
我的學妹烙賽，送我一巴掌，掩臀而去
啊，學妹，我愛過妳——
但此刻我更愛三八底（somebody）擊出致命底
喔，致命底一擊。吾屁將堅忍不拔地
黏住
這一席，吾當率領吾肝吾肺吾膽吾胃及吾大小細胞內外分
泌
陪天地一起守候。兩粒插刀，在所不惜——
只為了海枯石爛以前，啊，致命底一擊

C

這是上帝所不許，而我願意。在Ｚ頻道
我看到暴力像音樂一般穿透意志與地板
穿透彼此的身體。世界如此衰疲
讀秒到三，他依然是打不死的蟑螂躍起
金臂鉤，夾頭翻摔，垂直落下式ＤＤＴ
給他，速速給他。哦。致命底一擊

（在遼遠的河岸摔角場我是一名可憐的裁判員捉狂的獸神
卡辛拿我撞地板安東尼奧豬木賞我一記延髓回馬踢於是我
回家成為ＳＭ學派的信徒用鐵鉤刺穿自己背上的肌膚然後

高高地吊起再和綁在刑床上的女人做愛終於把她們放進裝
滿水銀的大鐵缸⋯⋯。）

這是上帝所不許，而我願意。在 R 頻道
我看到他們把世界捆綁起來如受難的女優
施虐者與受虐者在繃裂的血肉裡
得到統一。暴力像音樂一般穿透廟宇
滴蠟燭，流金遍野，神仙水罩住了頭顱
給她，速速給她。哦。致命底一擊

致學妹 III：飄洋過海來看妳

暴雷落地　如熟透的榴槤暗暗發皇
若是有一股腥香佔領妳的鼻腔
喔　學妹　別懷疑
那是化作骨灰依然堅挺的我的根器　陸陸續續
飄洋過海來看妳

烈日當空　如飽漲而急於哺育之豪乳
夜露竟乃突破門窗　沁入貴府
喔　學妹　莫驚惶
那是大去之後依然旺盛的內分泌　一點一滴
穿牆透壁來看妳

陰陽相隔　如一張縝密、輕薄、吸水的生理護墊
不能阻止我縣縣滲透的思念
喔　學妹　為妳
我刷爆積蓄多年的陰德　忍受十殿錢莊之剝削
死皮賴臉來看妳

莊嚴肅穆　如初次登台的實習教師
我連呼吸微笑接吻都反覆練習
喔　學妹　我倒轉來啦

無視於妳衰老的臉皮啊惡毒的心　喝完蠻牛
理直氣壯來看妳

南海血書

（母親上船時被匪幹推下海裡淹死；妻在海上被海盜射殺；文星兒和我一同游泳來到這個珊瑚礁上，熬到第十三天就在萬般痛苦中死了，他的屍體被同來的難友吃了，吃他肉的難友也都死了。海天茫茫，如今我寫給誰呢？）

兒的肉肉在他等肉肉裡　他等
之血變我之血　渴極喝尿　不疑有他
上一刻排出的我　進入這一刻的身體
上上一刻的惡靨　佔領下下一刻的腦門
尖螺螄啊　螺螄尖　刺我　我要寫字
像一瓶疼痛的紅墨水　批改無感的世界
刺我　我要疼痛　兒的肉肉在他等肉肉裡
死掉的肉痛不痛　冷掉的血　甜不辣
飢極茹之　其樂何如　想像那是傷禽死獸
助我元氣　共譜刺世之書　刺我之書

（在這孤島上我已撐持了四十二天了。叫天！天不應！叫地！地不靈！海天茫茫，有誰聽見我的呼喚？觀世音菩薩！耶穌基督！穆罕默德！太上老君！你們聽著，我好恨啊！我恨那些把我們送往虎口、推向火坑、把毒蛇放進我們被窩的鬥士、盟友，讓我活著咬他一口，死也甘心！）

他等之血　擠在我腫脹的膀胱裡　他等
之魂　擠在肋骨的牢籠　他等所信諸神
擠在頭頂三尺處　哀哀垂憐被消化的子民
神們也相食嗎　如他等之胃將我兒製成糞便
如我之腸　將他等肉肉變作心跳的力量
這是　兒的肉肉通過他等之肉　驅動我的手
舉起尖螺絲　刺穿我的頭他的鳥你們的眼睛
孤島如皿　我乃最後勝出之一蠱
肥大　孤獨　先知且後死
飲血而獲取靈感　吃肉而排泄字

（我寫出上面的一大堆故事，絕對沒有影射七等生是「文
丑」，是「商青」，是「鹹濕佬」，事實上一個人的所作所
為，其用心何在，亦只有他自己才最清楚。別人的批評、
指責、甚至動手揍他一頓，都是多餘的。我們最擔心的是
匪諜滲入文壇，重演抗戰勝利前後那段歷史。）

豔異的食人意象　小小羊兒穿著大野狼
等待一把刀的割傷　使其享有重生的亢奮
或恐慌　喔　我帶著一種餓極的飽脹感
分不清自己是羊還是狼　豔異的食人意象
恐怖的童年　今天好爽　明天就要漂流海上
我將和鄰人交換彼此的尿液　比賽苟活
直到童子肉　進入或人之胃　吾父之腸

豔異的食人意象　挺著螺螄尖猛然自戮
像慈悲之聖鷥　寫了三千字　血也流不完
地獄遊記　贈閱　南海血書　定價十五元

跋曰：
括號內文字引自《南海血書》（台北：中央日報社，
1979）。此書共收南海血書一篇、歸國學人獻給在國內默
默耕耘的同胞們一篇、愛國長詩一首、「溫良恭」先生評
論七等生一篇，眾星雲集，組合非凡，矧稱亂世奇書。我
家恰好有三本，這意思是說，那時我有三個兄姐在讀國
中，雖然他們很想合買一本就好。

江文瑜

簡介

江文瑜，台灣大學外文系畢業，美國德州大學奧斯汀分校碩士、德拉瓦大學語言學博士，現任教於台灣大學語言學研究所暨外文系。曾擔任台北市女性權益促進會創會理事長，目前為「女鯨詩社」召集人。著有詩集《男人的乳頭》，獲一九九九年陳秀喜詩獎。二〇〇〇年以「阿媽的料理」系列詩十首獲吳濁流文學獎之詩獎。詩集《阿媽的料理》於二〇〇一年十二月由女書店出版。

另著有傳記文學《山地門之女——台灣第一位女畫家陳進和她的女弟子》、評論集《有言有語》。編有《阿媽的故事》、《消失中的台灣阿媽》、《阿母的故事》、《詩在女鯨躍身擊浪時》、《畫說二二八》、《體檢國小教科書》、《媒體改造與民主自由》、《人文社會主動出擊》等。學術論文領域涵蓋音韻學、語音學、構詞學、語言社會學、文化評論、性別研究等。二〇〇〇年當選台灣第十八屆十大傑出女青年。

三十五歲開始寫詩，興趣廣泛的「雜食主義者」。熱愛閱讀與具有挑戰性質的生命經驗。

近況

2006 年的春季，我在台灣大學開設通識課程「中英詩賞析」，獲選為該學年度的「通識績優課程」。開課的第一天，教

室擠滿了學生等著加簽。整個學期下來，我深感這些學生愛詩的程度超越我們的想像。在期中考時，我要求他們把詩與表演或影像結合。他們發揮了最高的創意，每一組的成果都令人讚嘆。

在這堂課上，我對詩的熱愛，完全放開來，是我教學生涯中最奮力投入的一門課。

2006年8月28日至9月1日，我與幾位詩的朋友先到蒙古與布里亞特共和國的貝加爾湖一遊，然後於9月3日至9月10日參加成吉思汗建國八百週年暨國際詩歌節。會中除了聆聽詩歌的論文與朗誦外，也經歷了住蒙古包與到成吉思汗建國之處的旅行驚豔。這趟旅行讓我不斷檢視我過去五年來過於忙碌的大學教學與學術生活。在寬闊的蒙古草原上，我重新找回自己內心深處對詩最深切的渴望。

《女教授／教獸隨手記》系列

江文瑜

狗嘴吐不出象牙

狗對著成語字典咆哮：
人類簡直將我醜化到了極點

但，字典始終保持他自許的尊嚴
沉默，不語

—— 2005.02.02

教授，答案可以用鉛筆寫嗎？

當然，怕什麼？
怕老師狂怒，因為文字的顏色是灰色？

你的人生從不會記得哪一堂課得幾分
但，你會記住兒童時期的鉛筆，在大學仍然
向你招手

如果你膽敢，請用紅筆——我鼓勵，
因為從未有這樣的孩子，用紅色將文字灑上血液
那樣感到痛，　　　快！捕攫那樣的竊喜
為著不再在乎教授感覺的叛逆，用紅筆
請，請，不要猶豫
（但，我知道你沒舉起紅筆，因為從未發生過）

要是你敢挑釁，來，用有色鋼筆
當不滿過於平凡的考題，用綠墨水拒絕陳腐
老天知道你的澆灌會培育創新的芽種
當自覺文字流於濫調
紫色的線條，或許，可以轉移教授的視線
原來，行間還有隱藏的花朵

如果，你膽敢嘲弄歲月
請無懼地揮灑黃色，那將是一片月光般的迷濛
讓教授赫然驚覺，老花眼已經悄然爬上臉龐
「被提醒的光陰，一定激起教授將憤怒掃向
畏縮的成績數字上」，你既想嘗試
又退卻，月影從你的眼角穿過

或是，你早就準備好——毛筆
也記得硯台墨水與磨墨柱的黑色世界
隨時可以宣戰
寫上大字「不答」或畫潑墨

你的膽識將令人讚嘆

甚至換成蠟筆與辣筆、唇筆與蠢筆，
考卷攤開就是一張教授的臉
你的文字線條開始滑動在眼角紋路
誰說魚尾只朝上或朝下？
誰說抬頭紋只長在額頭？
你試圖說服自己：
「教授不應看起來只有蒼老與教條」
去，努力抖動你的眉筆

假如，這些行動還不夠，
何妨，借一支一生不曾用過的，雷射光筆
在考卷答案紙上狂飆
一切只有留白

—— 2006.01.18

一位在詩的課堂上打瞌睡的同學如此說

此刻我已飛出了這斗室
寧願以門外杜鵑花的花瓣，在花圃上排出
LOVE
取代在黑板的墨綠上勾出白色的 METAPHOR

我已飛離這斗室，
這裡只有白燈和白光
和斑駁的白色牆壁

我們在醉月湖旁坐著
「感受清風從臉龐吹過」
這麼直接的語句，
讓「醉月」灑下黃光
在這充滿陽光的白天裡
這最佳的 METAPHOR

我們丟掉所有教科書上的 白紙 與 黑字
在「白紙黑字」間加上想像的空格
它即不再是成語
飛出去尋找　紅花　與　綠葉
將「紅花綠葉」撥出間隔
成語頓時失去汁液
「像蜜蜂般無窮地吸吮大自然的精華」
用如此單純的明喻／名譽

我們坐在傳鐘下
耳朵被重錘的鐘聲震聾
而迴盪著 Bee Bee Bee
當我說「耳朵嗡嗡作響」，

遠方立刻傳來蜜蜂的歌聲

—— 2006.03.18

註：醉月湖為台灣大學校內的人工湖，傅鐘為台大矗立於椰林大道旁的
　　古鐘，為紀念傅斯年校長所設立的鐘，象徵台大的自由精神。

他們稱那為象牙塔

這座殿堂，他們稱為象牙塔
他們保有多麼美好的口德
你可以想像
這裡到處疊滿象牙
尊貴到可以用秤錘來計量
這座殿堂的總價

這座殿堂，他們稱為象牙塔
我們所賴以生存的論文與學術
都用象牙紙張列印
層層堆高成巨塔
隨時迎接日月的反照
製造莊嚴而華麗的氛圍

這座殿堂，他們稱為象牙塔

裡面的人更捍衛這個讚嘆

不容塵埃的玷污

塔外的人遠看它是一朵倒立的百合

汲汲經營／晶瑩的露珠

迅速下滑

這座殿堂,他們稱為象牙塔

多麼唯美的歌頌

我從辦公斗室仰望塔頂

如此高聳

必須爬到塔頂

才能摸到

由量化數字磨造的象牙

所模鑄的衝擊高帽(註)

在加冕的過程中

必須時時忍受數字的重量

於是,我們的背佝僂了

這頂唯一的桂冠

如果不慎從塔頂滑下

象牙的碎片

將以重力加速度在我的頭頂

迸出鮮紅的花朵

這座殿堂,他們稱為象牙塔

他們選擇用四聲、二聲、三聲的音調

唱出詠歎
而我站在原地
瘋狂尋找那失去的一聲／一生
在巨塔的所覆蓋的陰影下

—— 2006.08.22

註：大學的論文評比的標準之一為該論文所造成的「衝擊因素」（impact
　　factor）。

拒絕信

親愛的江教授：

遺憾地，我們通知，你的論文並沒有
通過，我們的，嚴謹審核，
你是知道的，我們的期刊，每日，
從世界，各地，湧來了，各種競爭，的論文，
他們，也和你一樣，希望論文，被錄取，
但是，抱歉，我們的，審查制度，如此謹慎，
所以，只有，很少數的，論文，可以，
刊登在，我們這樣的，期刊，

你的論文，研究台灣的，原住民語言，
瀕臨消失，的語言，的確，能讓我們，知道，

江文瑜……

更多關於英文，以外，的語言現象，我們也，
願意相信，你的論文，將可能，極其寶貴，
如果，你願意花時間，坐下來，
好好修改，你的論文，然後再投到，其他一些
值得尊敬，的期刊，我們相信，這篇論文，的前途
仍然，還有無限的，光亮，

只是，抱歉，目前，你的論文，許多的，坑洞，
需要修補，在你們再度，投到其他受人尊敬，的期刊前，
我們誠懇，希望，你能聽聽，我們的建言，
首先，你的理論，完全不符合，最新，的潮流，
抱歉，我們看不出，什麼關於理論，的創意，
你的論文，像裝在，舊的瓶子裡，感受不到，新鮮與價值，
你難道不知道，每三個月，新理論，就淘汰之前的，舊理論，
投稿前，多看看，最新趨勢，論文才不會，提早出局，
另外，你的文獻，也未免，像薄牆，一推就倒，
雖然，你研究只有不到五千人，說的語言，但是，
至少你得看看，英文方面，的文獻吧，怎麼會，一頁都不到，

還有，實驗方法，也到處斑駁，你比較原住民語言，與英
語的差別，
但從所設計的句子判斷，你對英文，根本無法，掌握，
你難道，不知道，在英文裡，有許多不同，的說法，
還有，你的發音人，怎麼只找，兩個人？兩人的研究，
可以產生，任何結論嗎？可代表，整個語言了嗎？

另外，你用某軟體，測量音調，你知道，這個軟體，
經常有人寫信，抱怨感染病毒，你應嘗試其他，
更穩定的，軟體，避免你的，結果，全是垃圾，
說到統計，你難道沒有看出，即使只有兩人，
也該有個別差異？

至於結果，與討論，基於前面實驗的，問題，
我們認為，完全不可信，
我們一致認為，你的論文，
需要重做重寫，已經毫無，商量的餘地

最後，但不是最不重要的，仍然感謝，
你把論文，投到我們的，期刊，
因為有你的，熱情支持，我們的期刊，
得以繼續成長，記得，如有任何問題，
請不要，猶豫，盡快，與我們聯絡。

最好的，
編輯部

—— 2006.08.23

狗嘴吐不出象牙

「五年五百億」的重金急急催促

在這全台灣最高的塔裡
我每天「朝8晚9」
卻仍生產不出號稱最珍貴的象牙

因為我「累得跟狗一樣」

—— 2006.10.04

須文蔚

簡介

　　須文蔚，一九六六年出生於台北市。現任國立東華大學中國語文學系副教授，兼任數位文化中心主任。《詩路：台灣現代詩網路聯盟》主持人、《全方位藝術家聯盟》同仁，中華傳播學會理事。東吳大學法律系比較法學組學士、政大新聞研究所碩士、政大新聞研究所博士。曾獲國科會 89 年度甲種研究獎勵。曾獲中華民國新詩學會「優秀青年詩人」、創世紀 40 週年詩創作獎優選獎，86 年度「詩運獎」、創世紀 45 週年詩創作推薦獎、五四獎（青年文學獎）、94 年度中國文藝協會文藝獎章（文學評論），曾獲 92 學年度國立東華大學教學特優教師，著有詩集《旅次》，文學評論《台灣數位文學論》（二魚文化）。

近況

　　穿梭在花東縱谷與台北盆地間，已經邁入第七年。今年寫得較多的文字是書評，有了許多時間正正經經讀閒書，真是快活得不得了。寫得次多的是文學傳播的研究論文，以及 BLOG。這兩年把「詩路」(http://www.poem.com.tw)修改為 BLOG，協助建構台灣文學年鑑資料庫（http://www2.nmtl.gov.tw），把東華大學的課程資訊建立為「開放式課程網」。歡喜停電，因為不必上網。

懷想淡水

南海那個美麗的白鷺之島的血液是無比的美麗、優
秀的。我抱著它而生,而將死去……

——江文也1983年病逝於北京前的手稿

你夢中美麗的島嶼
是白鷺鷥斂起雙翼
漂浮在南海上最最溫柔的擁抱

北京嚴冬的大雪
是夜晚撲滅人聲的魔法
歌唱與詠歎隨地埋葬在人們緊鎖的門前

你沒有在風雪中迷途,思鄉的
眼淚裡潛藏著滬尾港邊海水的腥熱
融化出母親的凝視　乳香　搖籃歌
伴奏著淡水河永不衰竭的潮聲
觀音山日日夜夜仰天的祝禱

檜沼垂綸

伐木工人用鋸斧為檜木解開
沉浸千年之久的寒冷
好心的日本林業專家用一灘淺沼
模擬海拔二千五百公尺的迷霧
治療巨木不時唸著雲海與蕨草的思鄉病

思鄉病發作的林務所長官在池畔輕輕拋餌
漣漪中搖晃出
伊吹山腳下故居的紅檜香氣
氣息中漂浮出
木製眠榻上妻子初夜時潮紅的臉頰

腥紅的浮標發狂似地下沉，竟釣起
一張充滿符籙的樹皮，預言著
暴風雨追逐著飛奔的棕櫚樹
無數的墓碑漂流在土石流上

一聲苦笑，好心的日本林業專家用力一拋
以池水深深埋葬神木的咒語

後記：「檜沼垂綸」為嘉義八景之一，所謂垂綸，就是釣
　　　魚，這一個景致已經不復存，舊址在今天阿里山鐵
　　　路北門機車廠及嘉義市文化中心。

在蔗田裡栽種詩
—— 獻給鄭清茂教授

明治三十二年立冬

賀田金三郎在縱谷中種下第一株甘蔗後

每年來自東瀛的移民總要榨取一百二十餘甲的甜香

經過清淨、蒸發、熬煮後結晶為鄉愁

隨著輪船航向橫濱港

用以哄騙留在家鄉的幼兒

民國八十五年秋分

你在谷地中朗聲為第一批新生讀韓柳文

從植樹的寓言中舒展出創生的哲理：

無庸培養過於豐沃的土壤，只要

緊密地築起一個基地

讓樹根像鵬鳥在天空張開的羽翮一樣

自由指向宇宙中不同方位的星雲中

且用寬容與信任灌溉新苗

民國九十二年暮春

後山的糖廠決定不再萃取糖蜜

奇萊山照例擋住了黃昏，但暮色

依舊頑固地染上飄進山谷的浮雲
遊子即將告別寄寓的學院，然而
你在蔗田裡栽種下文學的甜香
經過思考、辯難與想像後會長成為詩
永遠傳唱在花蓮的原野上

後記：鄭清茂教授在民國八十五年開創了東華中文系，民
　　　國九十二年在師生們萬般不捨下榮退，僅以此詩獻
　　　給一位謙和，充滿理想與人文精神的當代大儒。

鯉魚潭

在春寒尚未散去的夜晚
我們悄聲辯論抒情詩是如何
以省略細節的形式
以沿襲傳統的意象
在不經意的一瞬間打動讀者
深怕山谷裡的回聲，驚醒
蜷臥的鯉魚潭

飄風挾帶驟雨敲打屋簷
有無數玉磬摔落室內遮斷話語
你突然流轉到霜寒的孤島上
把我們習於取暖的笑語當作魚餌
垂懸在江雪中

在春雨剛剛停歇的夜晚
我們悄聲用足音拍打堤岸
安撫長年困居在山谷中的潭水
冷雨沒有澆熄的螢火蟲
是故鄉派來的刺客
從埋伏多年的草茨中飄然現身
剖開我們埋藏整個冬季的心事

許多喧嘩翻飛的往事灼亮了更多螢火蟲
記得你伸手捕捉住一只光
久夢初醒的鯉魚潭波動起薰風
記得你解凍了的笑聲是
春日裡最美的詠物詩

沉睡在七星潭

從海拔三千公尺的山谷滑落
穿過立霧溪神秘的峽谷出海
讓黑潮不斷淘洗上岸的鵝卵石上
曝曬著一個旅人的夢

夢不到一刻鐘就膨鬆成雲,任由風
放牧到深藍色的草原

高空中的紅隼鼓動翅膀俯衝而下
驅趕獵物往天涯狂奔,直到
一波浪頭一把將夕陽攬入黝黑中
才發現除了夜晚深埋住視線
太平洋面並沒有酣睡的地平線

當星光開始垂釣時,小環頸喚醒
海岸山脈伸手攪動潮汐警示水族
旅人從夢中醒來,聽見
漁火與月光合奏的小夜曲

玉山學第○章
——走進玉山時請關手機

須文蔚.......

一群登山客的手機在塔塔加鞍部上還懸
念著都會，不肯靜默，也不停止震動
不斷依偎在人們的臉龐，描繪著
亞熱帶平野上罹患躁鬱症的風景懸念

鐵杉用寒帶植物慣有的漠然佇立路旁
以滿枝頭的松蘿煽動如鉗山風
從十餘個瞳孔中拔出終端機、電腦主機和
一長串等待主人閱讀與回覆的電子郵件
當眼睛忍不住酸疼作勢流淚時
白雲跳躍過稜線纏綿住視線，密密包紮
從視網膜到心中掛念網路而扯開的創傷

高山芒用紙質葉舌吐露出玉山的寂寞
薄霧往返他們披針形的葉尖，撥奏
蒼天縹緲無法聽見的冥想，遠方
雲瀑不斷以數字低音般頑固
接連撞擊山谷並向人間俯衝
協奏一首無言歌

突然
一群登山客的手機在塔塔加鞍部上咳嗽起來
埋怨著過早降臨的寒流與冷雨

雲樣的誓言

是誰？
用利刃從船舷卸下一行詩句
幻想著
把誓言響亮如破冰般劃過江面
又讓一行白鷺銜起激灩的餘音
衝上雲端

逆著陽光
無法分辨
是羽翼把雲拍打成崔巍恆定的山脈
還是白雲幻化無數白鳥，愚弄
追尋伴侶的鷺鷥

波浪如搶匪，奪
去旅人手中的劍
一聲不響，如折翼的雲朵
從陰霾的高空墜落江湖

是誰？
在大雨滂沱的水面仍堅持
刻度逐漸渙散的波心

茶與春雨

陣陣春雨從壺中湧出
紅燭灼燙過的少年情歌
大雁遮不斷的中年旅愁

老禪師乘坐旋轉木馬聆聽到
流轉在雨中無聲的悲歡離合

奧　義

以灼熱解開糾纏的身軀
在新綠的芽尖挺立時，解放出
野兔凝視著春日第一場濃霧中
山林深藏的奧義

如風似雲

給你太多的自由，報我以苦澀
送你過少的熱情，贈我以平淡
洗滌你以恰如其份情思，還我
天地間最和藹的風與雲

帶你去找我遺落了的乳牙
——帶予謙回眷村老家

須文蔚

帶你去找我遺落了的乳牙
和不經意留在眷村裡的夢

夢裡的我正經歷牙床的大地震
總是在每個夜裡小心翼翼躲過
野狗像螢火蟲飄飛的眼神
攀爬山坡去公共廁所，排泄掉
貧窮人家也有的飽足，再飛快
和夜幕中突襲背影的狂狺競跑
躲回深藏在被窩裡那個溫暖的夢中

在夢中我精於分類
把上排熱愛地心引力的門牙藏在床下
把下頜醉心飛翔的小虎牙拋上紅瓦屋頂
只要傳說中的反作用力運轉不歇
新生的恆齒就會快快拔高
只要再長高半個頭我就可以
跨上爸爸的腳踏車
沿著瑠公圳
跟著爸爸流浪異鄉的路線

奔向鬧市的喧囂中

帶你去找我遺落了的乳牙
你溜著直排輪，皺著眉頭
看著紅瓦屋崩壞成台北市裡
最最超現實的裝置藝術
貼切地詮釋讓政客謊言棄置的重建計畫
謊言裡我們找不著夢
崩壞裡我們找不著
醉心飛翔的小虎牙

攔截風華的左外野手

須文蔚

駐足在五節芒叢的左外野手
注視冷氣團染白了的平原，聽不見
谷地兩側傳來的加油聲與叫囂，偶爾
罕見的遊客是城市拋出的界外球
才會讓山脈中的群樹騷動起來

藉由芒花摩挲取暖的左外野手
同時忍受著草葉揮出的鋒利，總是攔截
三壘手撲救不及的疏漏，總是習慣
沉默地回傳田野裡萬種風華，總是忘記
詰問與辯難世人長年的冷漠

從寒芒中跑開的左外野手
陰謀顛覆律法般的守備規則
往野地更深處奔跑，厚描
永恆埋藏在草茨裡的秘密，傳唱
神祇偷偷譜寫在秋風吹過山神廟屋簷時才聽得見的歌謠

洪淑苓

簡 歷

洪淑苓，台北市人。台灣大學中國文學研究所博士，現任台灣大學中文系暨台灣文學研究所教授，以民間文學為主要研究範圍，兼及現代詩、台灣文學。開設台灣民間文學專題、現代詩選、國文等課程。榮獲教育部83三年度（1994）文藝創作獎、2000年優秀青年詩人獎、第六屆詩歌藝術創作獎。曾參與1984年「新象之夜」詩歌朗誦表演、1993與1994年「二二八紀念音樂會」詩歌朗誦表演。2000至2003年擔任台灣大學野鴨詩社指導老師，榮獲2000與2001年全國大專盃詩歌朗誦比賽冠軍；2004年指導台大中文系詩歌朗誦隊於東元文教科技獎表演。2002、2004年參與「學院詩人群年度詩集」出版與朗誦發表會。著有詩集《合婚》、《預約的幸福》、《洪淑苓短詩選（中英對照）》；散文集《深情記事》、《傅鐘下的歌唱》、《扛一棵樹回家》；學術專著《牛郎織女研究》、《關公民間造型之研究》、《民間文學的女性研究》、《現代詩新版圖》、單篇論文〈論鄭愁予的山水詩〉、〈蓉子詩的時間觀〉等。

近 況

這兩年詩寫得少，但有關詩的活動卻很多。最高興的是新開一門課：「現代詩名著導讀」，供全校學生選修。學生反應

還不錯，也發掘一些年輕的詩人，把他們的作品推薦到《海鷗》、《笠》詩刊。2004年10月到美國赴波士頓西蒙斯學院參加「中文詩歌國際會議」，發表論文也參加朗誦。2006年1月起擔任台大藝文活動推展工作室主任，至6月底已為學校策畫69場藝文活動，小有成果。最近參加兩次詩歌朗誦會，分別是：2006年4月26日東南技術學院「中英詩歌發表會」及6月16日元智大學「重返桃花源詩歌節」，認識更多詩人與愛詩的朋友，也更確信詩歌是受人喜愛的。現在，接任這一期學院詩人作品選主編，希望可以為詩歌藝術貢獻更多力量。

水 · 流 · 詩
—— 爲南亞海嘯災民而寫

如今我們只剩下
一堆
漂流的意象了

面貌，模糊不清
嗅覺特別鮮明
魚的
貝的
蝦的
蟹的
水草的
鹹腥味以及
混雜著海沙泥土、破爛泳衣
手錶、腰帶、皮鞋、球鞋、拖鞋
男人的腳、女人的腳、小孩的腳
的腐臭味道

這一首用死亡的味道寫成的詩啊
是誰寫來獻祭給海神

而後，我們又聽到

一串

擁擠的音節

意義，模糊不清

發音特別響亮

印尼亞齊

峇里島

泰國普吉

PP 島

斯里蘭卡

馬爾地夫

捨身救女的媽媽

抱樹存活的男孩

床墊上倖存的小娃兒

屋頂上的老人

以及拿著相機奔跑的新婚夫婦

的顫抖和喘息

這一首用死亡的味道寫成的詩啊

人們再用愛與勇氣

獻給

上帝

阿拉真神

南無阿彌陀佛

以及深海的諸神鬼王

請收留那些孤魂
請收留
那些被海浪撕碎的靈魂
他們已是你的子民
請讓他們安歇

——《詩網絡》19 期

尋覓，在世界的裂縫

列車在地底滑行
蛇一般地
繁華城市的底層有濕濡的喘息

有人告訴我
您在東方
與朝陽同起
荷著鐵鍬
翻動一束束紅光
老鐵馬輾過おはょう的早晨
您的少年比ㄅㄆㄇㄈ還要早誕生

而我猜想您也許在南方
唱著望春風白牡丹
用河洛話
宏亮地
叫醒每個沉睡的夢
曾經，您有一把蝴蝶牌口琴

那天您吵著要回家，吵著吵著
渙散的眼神不再看著我

生氣了嗎？
您將面容轉向西方
那是日落的方向
您不回頭
我連一滴淚也不敢掉

我應該到哪裡尋覓
進站、出站的人潮
一千個詢問
一萬個謊言
我不相信您去了北方
自秋涼的九月
霜降、雪落
（我扶著母親散步，她說找不到另一只枕頭）

列車在地底滑行
蛇一般地
抵達終站
又啟動成了起點
我應該到哪裡尋覓
我總以為您會在下一站上車
我又害怕您已經在前一站下車

轉彎的時候如果列車脫軌
天會崩，地會裂吧

我是不是就可以找到您
在世界的裂縫？
（我到底在哪裡可以尋覓您，我最敬愛的父親）

列車，蛇一般地滑行……
—— 2003.12.18 台灣日報副刊

註：父親名諱木火，一九三一年生於台北，二○○三年九月廿五日病
　　逝。父親少年正當日據時期，因略諳日語。國校畢業後即從事鐵砂
　　鑄模工作。初，徒步上工，後方購單車代步。喜愛歌唱，丹田有
　　力，歌喉渾厚，無師自通能奏口琴。如今音聲渺渺，何處覓尋。風
　　木之思，無以還報。謹以此詩悼念父親。寫於父逝後七十日。淑苓
　　92.12.5

灰色的毛衣
——給十五歲的剛兒

你漸漸長成一個瘦高的
陌生男子
嘴角有靦腆的笑

（我是不是把你打扮得太老氣
　在灰色的毛衣裡？）

你也愛聽王子和公主的故事
在很小很小的年紀
你還專心研究過迅猛龍的歷史

（我開始猜想你打電話給誰
　打電話給你的又是誰？）

昨夜你喝下熬夜的第一杯咖啡
說
好苦

（我以為你會藏著情書和漫畫
你的書桌堆滿的卻是「一綱多本」）

你變成全家最晚睡覺又最早起床的人
你背著厚重的書包出門
卻輕輕帶上鐵門怕吵醒大家

（我聽著你上學離去的聲音
　一點都不知道我能為你做什麼）

我聽著你上學離去的聲音
一點都不知道
（一點都不知道）
我能為你做什麼
（我能為你做什麼）

—— 2005.1.18 作

貓一樣的
——給十三歲的容兒

嬰兒時期的凝視

妳還記得嗎

在我的懷中、膝上

在我的掌心裡

妳未曾看過人間苦難

未曾愛戀未曾悲憤的明亮眼睛

與我深情凝望

而今逐漸成長的妳

貓一樣的眼睛

貓一樣的坐姿

嫻靜

優雅

卻總是望著窗外

妳想到哪兒去？

流浪

還是

追逐風

追逐自己寂寞的影子？

我從書堆裡回頭
妳仍是貓一樣的
眼睛
坐姿
卻，癡望著我
傾身向著我

我該教你寫詩
跳舞　還是
低唱一首青春的歌？

——創世紀詩雜誌 142 期 2005.3

人魚公主的母女對話
——與五歲的潔兒共讀人魚公主童話

每一次，故事都是這樣說的
人魚公主游到岸邊
愛上了英俊的王子

這次，為了挽救她的命運
你說
「不要喝下魔藥！」

但是，不喝下巫婆的魔藥
故事無法繼續

人魚公主喝下巫婆的魔藥
尾巴裂開，失去自己的聲音
被王子救回皇宮
跛著腳，跟著他穿梭玫瑰花叢
等待一句真心話

直到——
王子將要迎娶鄰國的公主
姐姐們帶來一支小刀

「刺死王子！」
你說
為了挽救人魚公主的命運

「一定要刺死王子！」

但是，故事無法繼續
如果刺死了王子……

人魚公主望著王子熟睡的臉龐
把小刀拋向大海
把自己餵給了死神

每一次故事都是這樣說的
人魚公主變成了泡沫
潔淨的靈魂升上天空

每一次，故事——
故事不是這樣說的
為了挽救你的眼淚
這次，我撕掉了後面兩頁

直到——
王子將要迎娶鄰國的公主

姐姐們帶來了一瓶解藥
那是用珍珠項鍊和巫婆換來的

「趕快喝下解藥！」
為了挽救人魚公主的命運
我們一起看著她喝下

靈巧的尾巴變回來了
好聽的歌聲唱起來了
人魚公主游回海底世界

你開心地笑了

遠處又有船難發生
每一次，故事都是這樣開始的
我的小小美人魚
你可千萬千萬不要
靠———近

———海鷗詩刊 33 期 2005.12

國家圖書館出版品預行編目資料

在世界的裂縫：學院詩人群年度詩集(2004-2005)
　　／陳慧樺等著；洪淑苓主編. -- 初版 -- 臺北
　　市：萬卷樓，2007[民 96]
　　　面；　　　公分
　　ISBN 978－957－739－583－2 (平裝)

831.86　　　　　　　　　　　96000354

在世界的裂縫

——學院詩人群年度詩集（2004-2005）

主　　　編：洪淑苓

著　　　者：陳慧樺、汪啓疆、尹玲、古添洪、林建隆、
　　　　　　方群、唐捐、江文瑜、須文蔚、洪淑苓

發 行 人：陳滿銘

出 版 者：萬卷樓圖書股份有限公司

　　　　　　臺北市羅斯福路二段 41 號 6 樓之 3

　　　　　　電話(02)23216565・23952992

　　　　　　傳真(02)23944113

　　　　　　劃撥帳號 15624015

出版登記證：新聞局局版臺業字第 5655 號

網　　　址：http://www.wanjuan.com.tw

E - mail　：wanjuan@tpts5.seed.net.tw

承 印 廠 商：中茂分色製版印刷事業股份有限公司

定　　　價：140 元

出 版 日 期：2007 年 4 月初版

ISBN　978－957－739－583－2